KB240782

그저 그런 사람들의
행복한 세상

펴낸날 2005년 5월 6일 초판 1쇄 **지은이** 마이클 루니그 **옮긴이** 이효명 **펴낸이** 이태권 **펴낸곳** 소담출판사 서울시 성북구 성북동 178-2 (우)136-020 **전화** 745-8566~7 **팩스** 747-3238 **E-mail** sodam@dreamsodam.co.kr **등록번호** 제2-42호(1979년 11월 14일)
홈페이지 www.dreamsodam.co.kr **기획 편집** 이장선 가정실 방세화 **미술** 이성희 김지혜 **본부장** 홍순형 **영업** 박종천 장순찬 이도림
관리 이영욱 안찬숙 장명자
ⓒ 소담, 2005
ISBN 89-7381-844-9 03840

● 책 가격은 뒤표지에 있습니다.

그저 그런 사람들의 행복한 세상

와 자 지 껄 한 세 상 에 쏟 아 지 는 시 원 한 풍 자 소 나 기

마이클 루니그 지음
김효명 옮김

소담출판사

우 리 왜 그 럴 까?

우리가 왜 그러는지 아무도 모른다.

우리가 왜 그러는지 아무도 묻지않는다.

참 이상하다!

왜 그러는지 다들 잘 알고 있는 모양이다. 그리고
그 이유는 서로 물어볼 필요도 없이 뻔한 모양이다.

살짝 물어보는 사람도 없다. 당황해서 울부짖는 사람도 없다. 왜 아무도 소리를 지르지 않을까?
"우리는 왜 그럴까?"

혹시 사람들이 너무 사악해서 그런 걸까? 아니면 너무 부끄러워서? 아니면 너무 멍청해서 그런 걸까?
왜 아무도 말을 하지 않지?

설마 남들이 다 하니까 하는 건 아닐까?
하지 않으면 안 될 것 같아서?
왜? 오, 제발!
아무나 대답해 줘! 우린 왜 그럴까?

위대한
물건
Leunig

추방당한 천사가 힘겹게 우주를 헤매다가
버려진 세계를 발견하고 그 땅에 내렸어요.

천사와 영혼은 사랑에 빠졌고, 둘은 서로의
우정과 이 버려진 세계를 가꾸어 나가기로
약속했지요.

평범한 세계지만 꽤 평화롭고 아름다워 보였지요.
꽃과 나무가 있었어요. 빛과 그림자가 있었어요.
편안함과 따스함이 있었어요.

천사는 영혼이 필요하고, 영혼은 천사가 필요하지요.
그리고 둘은 집이 필요했어요.
둘은 이 단순한 행성과 사랑에 빠졌어요.

전에 살던 곳은 사람이 너무 많아져서 무척 비좁아졌어요. 사람들은 비좁게 살기 싫어서 스스로 만든 세계로 떠났지요. 물건과 집착으로 만들어진 세계말예요. 말다툼을 하는 어지러운 세계말예요. 더 신나고, 재미있는 세계지요.

천사는 발자국을 발견했어요.
발자국을 따라가다가 외로운 영혼과 마주쳤어요.
둘은 서로 미소를 나누고, 포옹했어요.

밤이 되면 둘은 자신들만의 오래된 세상에 누워서 서로의 팔에 안겼고, 행복하게 별을 바라보았어요. 어느 날 밤, 커다란 유성이 하늘을 가로질러 갔어요.

새롭고 신나는 세상이 불타서 유성이 되어 사라지는 모습이었어요. "소원을 빌어봐." 천사가 말했어요. "너무 늦어버린걸." 영혼이 말했어요. "대신에 기도나 드리자."

Leunig

커피 2센트
(밑바닥 없음)

아빠는 왜 이마에 바코드가 있어요?

웨이터, 내 커피에 있는
이 거품은 다 뭐죠?
뭐 문제라도 있으신지요?

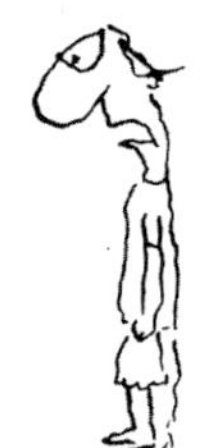

흠, 바보 같잖아요.
그냥 장식인 것 같은데.
이런 게 현대 사회가 만들어낸
한심한 짓거리 아닙니까.
난 이런 거 필요 없어요.
죄송합니다, 손님.
장사하려면 이럴 수밖에 없어요.
손님들이 이런 걸 원하거든요.

이보세요! 어디 불편하신 데라도 있으신 모양
인데. 저희 거품은 아주 고급이고, 인기가
많아요. 사람들이 다들 좋다고 하는 거품이
에요. 손님은 뭐가 불만입니까?
그냥 단순한 커피는 없나요?

난 그냥 단순한 커피

한 잔이면 됩니다.

죄송합니다, 손님. 여긴 일급 카페거든요.

커피를 바꿔드릴 수 없겠네요.

저기 여자 손님 보이죠?

거품에 대한 논문을 쓰고 있는 분이에요.

그리고 그분 옆에 있는 남자분……

……그분은 신문의 거품 편집자세요.

저희 거품 기사를 쓰고 계시죠. 아주 깊이가 있는

양면 기사를 쓰고 있단 말이에요. 그리고 거품에 대한

영화 각본과 책도 쓰고 있습니다.

그러니까, 아저씨. 문제는 당신이라고요, 당신!

Leunig

우 화

공주는 잘생긴 총각들과 함께 밤새 춤을 추었습니다.

자정의 종 소리가 울리자 총각들이 모두 무도장에서

도망가기 시작했습니다.

공주는 떨어진 구두를 모두 모았습니다.

공주는 구두의 주인들을 찾아서 진정한 행복을 찾겠다고

맹세했습니다.

달아나던 총각들 모두 유리 구두를 한짝씩 무도장에

떨어뜨리고 말았습니다.

공주는 온 세상을 돌아다니며 모든 총각에게

구두를 신겨보았습니다.

구두는 모든 총각들의 발에 편안게 맞았습니다.

그리고 공주는 혼란에 빠졌습니다. 이제 어떻게 해야할까요?

이제 어디로 가야하나요?

물건

만질 수 있는 물건.

생각할 수 있는 물건.

사용할 수 있는 물건.

먹을 수 있는 물건.

이 세상에는 물건들이 끔찍하게 많아요.

모든 감각으로 느낄 수 있는 물건.

물건이 끝없이 생산되고 있어요.

물건들은 이제 멈출 수 없을 정도로 생산되고 있어요.

기하급수적으로 만들어지고 있어요.

물건은 자유와 행복에 커다란
장애물이 되었어요. 물건은 자연과 평화를
파괴해요. 물건은 시간과 공간을 훔쳐요.
물건은 아름다움을 망쳐요.

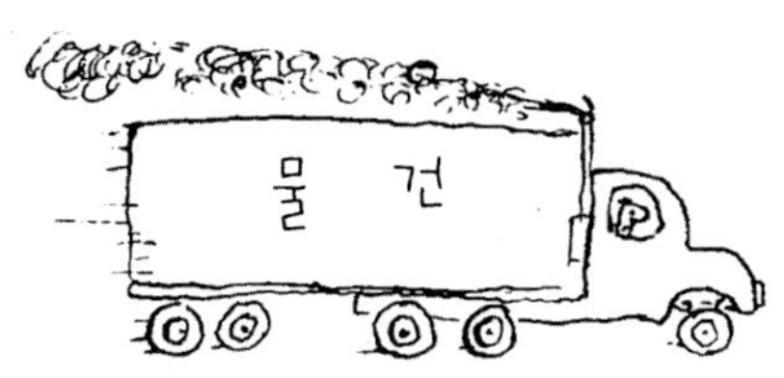

물건은 잔인하고, 유독하고, 우리의 권리를
침해하고, 우리를 중독에 빠뜨려요.
물건은 우리를 지치게 만들고, 미치게 만들어요.
물건이 너무 많아요.

그래서 이제 우리는 이런말을 쉽게
흘려들을 수 없게되었어요.
"나는 물건이 너무 많아."
"이 세상은 물건으로 가득 찼어."

정신이 하나도 없네.
도대체 존스 부부는 이야기를
너무 복잡하게 해서 도저히
이해할 수가 없어!

우리가 존스 부부야!

정말?

그렇다니까.
운전면허증을 봐봐.

세상에! 당신 말이 맞네.

바보!

그래서 내말이……

그러니까 존스 씨를

이해 못한다는 게 이런거 아냐.

Leunig

아가야, 갈매기에게 빵을 줄 때는 말이다.

……그냥 부리 앞에 내던지지 말아라.

저기 파도와 돌이 있는 곳까지 던지는 것이 좋아.

갈매기들이 빵을 먹으려고 노력해서 날아가야 되는데,

그럼 갈매기들의 성격도 좋아진단다!

존스 부부하고 이야기하면

고소해 죽겠단 말이야.

존스 부부가 우리 이야기를 하나도

알아듣지 못하는 것 봤지?

존스 부부가 당황하는 꼴을 보고 있자니……

왜 그리 재미있던지.

그런데 이제 존스 부부가 없으니까

말상대가 없어서   맞아. 정말, 정말

곤란하게 됐어.   곤란하게 됐어.

Leunig

그냥
해라

그냥
해라

Leunig

내가 만든 세상에서 당당하게 사는 법.

하느님의 은총, 자연의 축복, 새가 들려주는 공짜 노래 자연이 내려주는 이런 공짜 사은품 때문에 우리는 허약해지고, 경쟁력을 잃고 만다. 이제 정신차리고 정정당당한 승리자가 되자!

우선 자신만의 공기와 물을 만들어야 한다. 이를 위해서는 커다랗고, 믿음직한 화학 실험세트가 있어야 된다. 그리고 튼튼한 보관통도 하나 필요하다.

그리고 오랜 시간 동안 열심히 노력해서 재료들이 부풀어오를 때까지 지켜보자.

그 다음에는 자신만의 햇빛과 흙을 만들 차례다.
이를 위해서는 각종 인화성 기체와 성냥과 용암과
분쇄 기구가 많이, 아주 많이 필요하다.

······우리는 정정당당하게 홀로 설 수 없다.

이 창조 실험을 모두 마치지 못하면 우리는 정정당당하게 홀로
설 수 없다. (우리를 나약하게 만드는) 하늘이 주는 공짜 선물을
거부하지 않으면 정정당당하게 홀로 설 수 없다. 달빛, 꽃, 일출
같은 것들을 모두 거부하지 않으면 정정당당하게 홀로 설 수 없
다. 만물을 완전히 자기 손으로 만들지 못하면······

끈적이

그는 끈적이에 완전히 둘러싸여서 일어났습니다.

주위의 모든 것이,

방에 있는 모든 물건들이 끈적이에 덮여 있었습니다.

모든 사람들이 끈적이 때문에 숨막혔습니다.

끈적이가 모든 것과 모든 사람을 뒤덮었습니다.

바깥도 그랬습니다.

거리, 집들, 도시 전체가 끈적이에 덮여 있었습니다!

끈적이는 온 세상을 지쳐버리게했습니다.

무거워지게했습니다. 재미없게 만들었습니다.

이제는 아무것도 빛나지 않습니다.

이제는 아무것도 마음대로 움직이지 못합니다.

이건 무엇이었을까요? 끈적이는 무엇이었을까요?

끈적이는 무엇으로 만들어졌던 걸까요?

어디에서 왔을까요? 이걸 어떻게 해야할까요?

왜 사람들이 이걸 좋다고 난리쳤을까요?

leunig

돈밖에 남은 것이 없네

늙은 할머니를
돈으로 바꾸세요.

삶은 돈이야.
저녁식사는 뭐지?
지폐는 그냥 쉽게 토하겠는데,
동전은 위액 때문에
반짝거리면서 입밖으로
넘어와요.

우리는 아이 이름을
'더 많이'라고 지었답니다.
정말 좋은 여자 아이 이름이에요.
옛날에 히피족들이 붙이던 평화니,
사랑이니 하는 끔찍한
이름 같지 않아서
다행이에요.

침대로 가서 서로에게 돈을 주자구.

돈 차

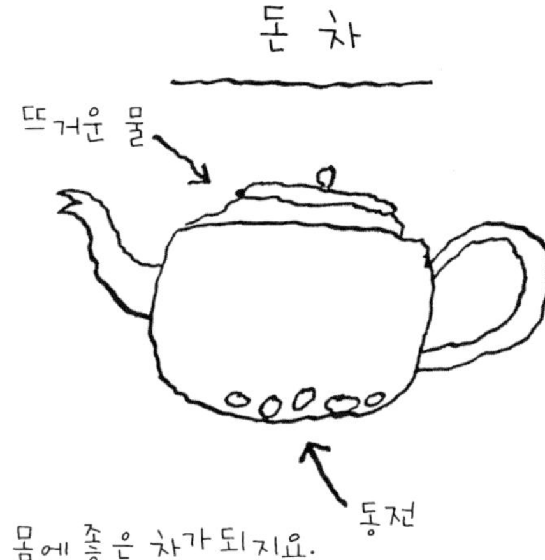

돈 아로마테라피,

돈 발 목욕,

돈 얼굴팩, 등등

네가 그렇게 밝은

사람이라면,

왜 검은 옷만 입는 거지?

흠, 일단 내 얘길 들어봐.

외모는 속마음하고

반대야, 알겠어?

그래.

게다가 난 장례식에 가야하거든.

난 순 엉터리 같은 창피한 바보였어.

골빈 닭대가리. 비틀거리는 병신.

부끄러운 나의 예전 모습을 매장하는 거야

나의 여전 모습을 매장하는 거야
발버둥치던 바보에다 꼴사나운 멍청이였던
나의 모습을 매장하는 거야

누구를 매장하는 거야?

나는 그 모습을 끊임없이 매장하고 있어.
이건 끝이 없는 장례식이지. 혼자서 장의사,
신부, 무덤 파는 일꾼, 죽은 자를 동시에
다 하려니까 힘들어!

그런데 이렇려면 난 아주 고결해야 돼.
내 자신을 아주 잘 통제해야 돼. 특히 그 미친놈이 허구한 날
구멍에서 밖으로 기어나오려고 발버둥치거든…… 그러고 보니
이놈이 또 튀어나오네…… 이 놈이 날 비웃네, 이 바보가……
미안해, 정말 부끄러운 모습을 보여서 미안하게 됐어!

Leunig

염소인간 (위대한 작가 페스티발의 특별 초청 강연자)

염소인간님, 아무런 업적도 이루지 않은 느낌, 비평가들에게

찬사를 받지않는 느낌이 무엇인지 알려주세요. 도대체할 이야기가

없다는 느낌이 무엇인지 알려주세요. 영화나 연극으로 옮겨질

가능성이 있는 작품을 자신이 전혀만들지 않은 것에 대한 느낌을

알려주세요. 영혼이 어떻게 그렇게 텅비어 있을 수 있나요?

도대체 어떤 느낌이 드나요? 알려주세요.

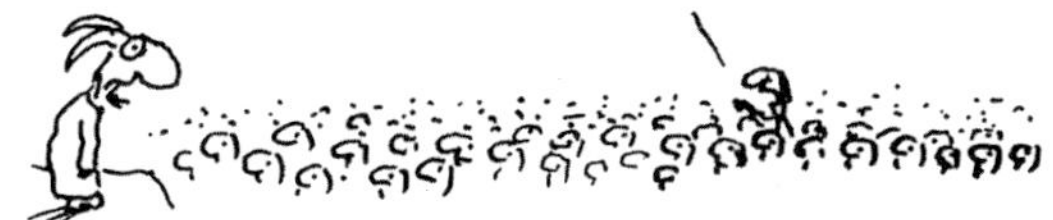

수정액

기름
찌꺼기

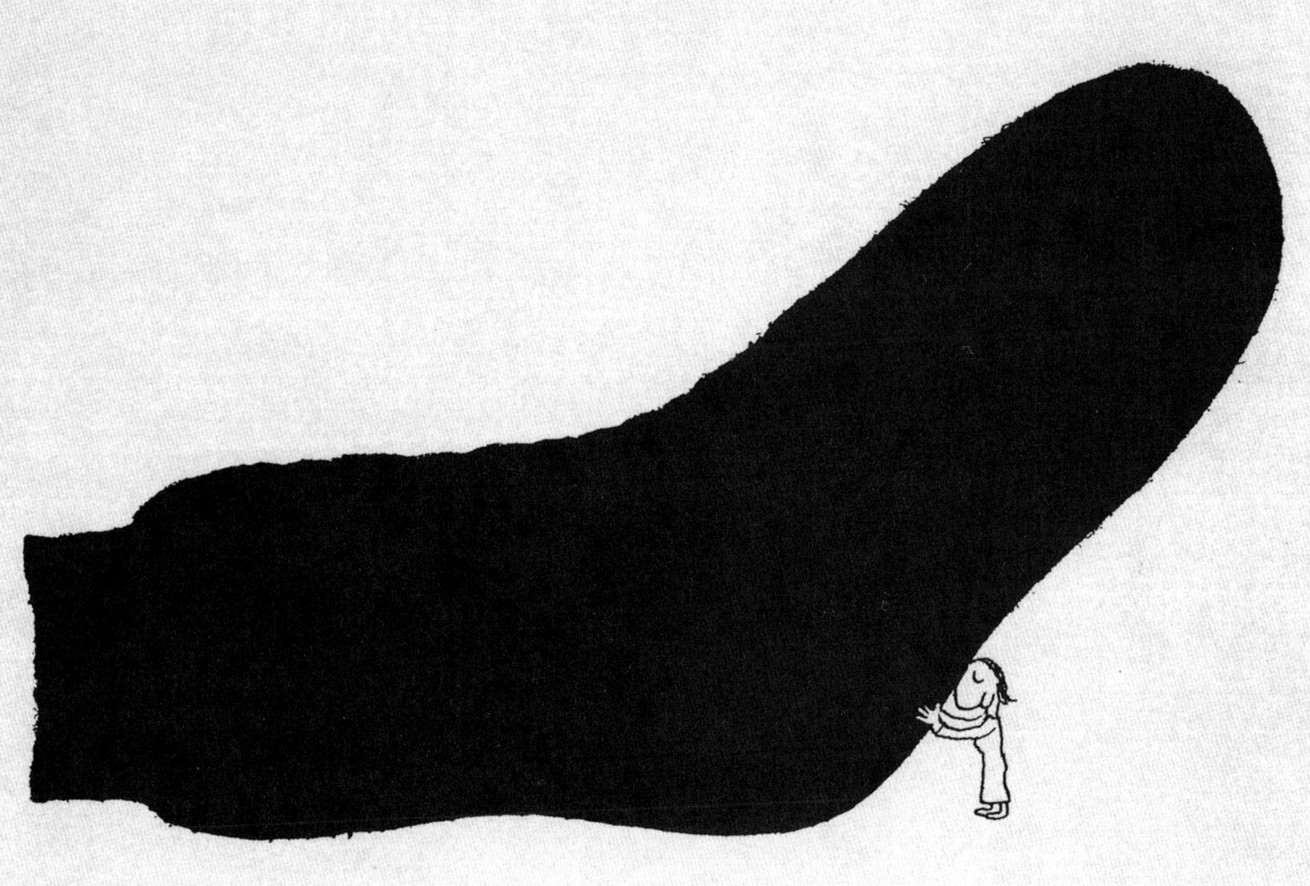

어떻게 하면 저의 진정한 모습을 찾을 수 있을까요?

흐름을 따라가셔야죠.

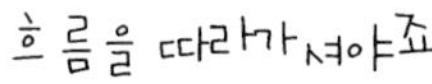

흐름은 어디에 있나요?

흐름은 주류에 있습니다.

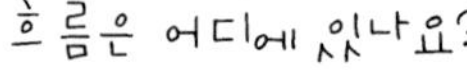

배수관에는 거르는 쇠창살이나 망 같은 것이 있나요?

아뇨. 모두 검은 구덩이에 그대로 들어갑니다.

주류는 어디로 흘러가나요?

아래로 흘러가다가 커다란
배수관으로 빠집니다.
문 의

검은 구덩이가 뭐예요?

춥고, 고통스러운 검은 구덩이를
말하는 겁니다. 들어가면 몸이 분해되고,
모든 걸 잊게 됩니다.
문 의

그럼 그건 됐고. 카나리아에게
입힐 화려하고, 예쁜 바지를 사려면
어디로 가야 되나요?
3층, 새옷 매장으로
가시면 됩니다.
문 의

Leunig

여름 궁전

주머니 안에 작은 정원을 만들어요.

소매에 무와 겨자를 심어요.

허벅지에서 호박덩굴이 기어오르게 놔두세요.

바지 앞에 후레지아를 키워보세요.

두려움으로 김이 모락모락 피는 퇴비를 만들어요.

눈물로 삶에 물을 대봐요.

근심 어린마음으로 시렁을 만들어요.

마음을 여름 궁전으로 바꾸어봐요.

무의미한 순간은

언제나 이치에 맞아요.

부드럽게 또닥거리며 소리를 내는

무의미한 물건들을

외로이 앉아서 바라보면

언제나 이치에 맞아요.

여기를 똑바로 보는 것도 아니고

저기를 똑바로 보는 것도 아니지만

언제나 이치에 맞아요.

피곤한 남편 활용법

틈새 바람을 막는 문막이

장미 덤불 뿌리 덮개

고양이 쿠션

촛대

꽃병

남편이 코 골고 누워 있으니까 공연 중에
휴식 시간이 끝나고 돌아올 때 어느 자리인지
쉽게 알 수 있어요.

평범한 일상의 저주

'70~80년대 히트곡 모음'의 애청자인 건축업자가

내 이웃집을 완전히 뜯어고친다.

마누라가 광적인 페미니스트다.

혼자만 좋아하던 아늑한 카페가 갑자기 인기가

좋아져서 발 디딜 틈이 없다.

이상하게생긴 엉덩이,

아니면 다른 신체 부위가 기네스 북에 올랐다.

운전대 아래 방향지시기가 프레즐 과자로 바뀌었다.

말하기 곤란한 신체 부위에 티눈이 생겨버렸다.

의사 선생님, 도와주세요.
내 안에 책이 들어 있어요!

다들 책으로 쓸 만한 이야기를 마음
속에 갖고 있어요. 출판사를 추천해
드리는 것이 좋겠네요.

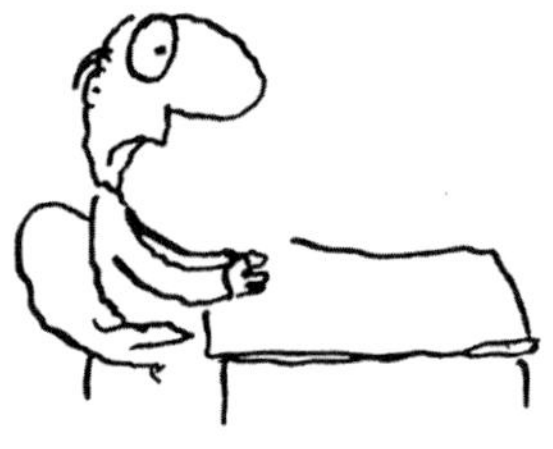

안에 있는 책이
부끄러우신 건가요?

전혀 그런게 아녜요.
그냥 되고 싶은 것이 있어서……

아뇨! 출판하고 싶지않아요. 수술로 제거하고
싶어요. 약 같은 걸로 녹이고 싶어요. 아니면 다른
치료라도 해주세요. 없애버리고 싶어요! 제발!

……전 작가가 되고 싶지 않아요!

괜찮아요, 괜찮아요. 그게 그렇게 나쁜 일이 아녜요.

때가 되면 다들 작가가 될 수밖에 없어요.

인정하는 법을 배우세요. 사람은 인생을

적당히 살다가 언젠가는

글을 쓰게 되어 있어요.

이건 불공평해요.

인생이 너무 잔인해요. 저만큼은

이 운명에서 도망갈 수

있을 줄 알았어요.

Leunig

이 세상 모든 것이 잡동사니로 가득 들어찼다는 걸

알면서도 행복하게 집에 돌아갈 수 있는 사람은

우리말곤 이 세상에 몇 없어, 글래디스.

터벅터벅 걷는 사람

넌 뒤쳐질 거야   멋지네.   넌 놓칠 거야   좋아.   넌 최고가 될 수 없을 거야!   즐거운걸.

넌 남에게 영향을 줄 수 없을 거야   사실이지.   넌 매력이 없을 거야 넌 똑똑하지 못할 거야!   훌륭해.   넌 무슨 일이 일어나는지 모를 거야!   정말 평화로와.

Leunig

안락사는 포경수술처럼 간단한 수술입니다, 존스 씨.

사실은 포경수술하고 아주 비슷하죠. 거의 죽을 때가

다 되면, 별로 필요도 없는데 괜히 아프기만 한 것이

남게 되거든요. 그럼 저희가 그걸 살짝 잘라 줍니다.

아무 느낌도 없을 겁니다.

……별 볼일 없는 인생이었으니까,

차라리 그렇게 하는 게…….

희망하는
인생
실제 이ㄴ생

잘 왔어, 글럽 기자. 카메라 들고 주식 시장에 가서 브로커들이 보여 주는 모습을 찍어와.

......이런 모습!

......요런 모습!

……이런 모습!

……그리고 이런 모습!!

거기선 다들 미치고 환장한 모습을 보이거든.
브로커들이 환장하는 모습을 오후까지 내책상
앞으로 가져와. 알았지, 글랍?

편집장

편집장

편집장

속히
대령하겠습니다요,
문제없어요.

Leunig

끈적이—계속

끈적이에 뒤덮인 그는 자신과 이 세상 모두를 뒤덮고 있는 신비한 물질이 무엇인지 알아보려고 현자를 찾아갔습니다. 내 인생 전체가 감각을 마비시키고, 투명하고, 끈적끈적한 진창에 덮여있는 것 같아요. 내 생각, 내 감정, 내 행동 모두가 여기에 덮인 것 같아요. 이 끈적이가 도대체 무엇인가요?

끈적이는 현대 사회를 이어주는 물질이지. 물론 거추장스럽긴 하지만 이것이 없다면 우리 삶과 문명은 아마 무너져버릴 거야. 끈적이는 우리의 존재를 이어주는 접착제라네

끈적이는 물건이 깨지거나 부서지지 말라고 상자안에 넣는 포장재 같은 거라네. 끈적이는 쓰레기를 잘게 썰어서 만물과 모든 사람들을 서로 만지지 못하게 하는 역할을 하고 있지.

끈적이가 너무 많아요. 하루가 지날 때마다 점점 심해지는 것 같아요. 이 세상은 항상 끈적이에 뒤덮여 있었나요?

무슨 소리, 항상 이렇진 않았어! 이 세상은 원래 안에서 서로 연결되어 있었다네. 보다시피 끈적이는 겉 표면에 있는 물질이지. 끈적이는 바깥에서 서로를 지탱하고 있다네.

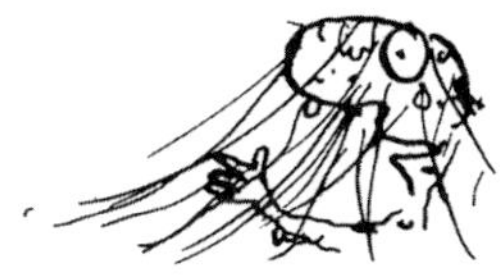

네! 내 몸과 다른 모든 사람들의 몸에서 흘러나온 점액에 계속 절어 있는 느낌이에요!

문제는 이것이 너무 귀찮고, 너무 끈적인다는 거지!

그럼 이 포장재…… 이 껍질…… 이 끈적이가 뭘로 만들어진 건가요?

내가 까놓고 말해도 참아주게나. 이 끈적이라는 게 사실은 수백만 가지 100% 거짓말의 혼합물이라네. 우리는 이런 걸로 완전히 뒤덮여 있지!

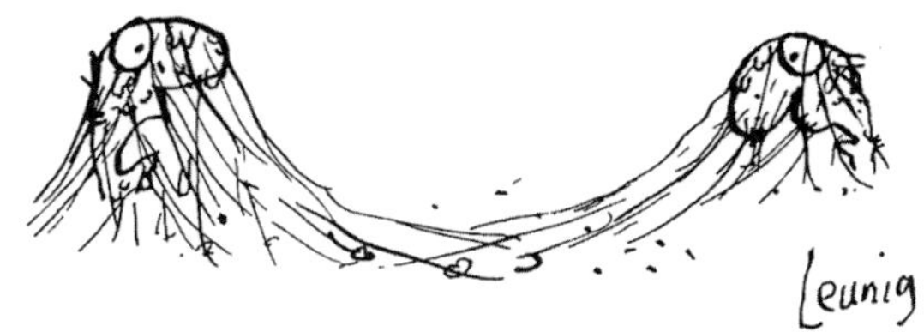

그는 영혼을 악마에게 팔지 않았지만, 영혼이 거꾸로 몸 안에 너무 깊숙이 박혀버리는 바람에 발이 부어올랐어요.

그는 자신의 영혼이 너무 깊이 박혀있어서 짜증이 났어요. 그의 영혼은 그가 지금까지 조금씩 삼켰던 '거대한 거짓말' 아래에 짓눌려버리게 됐지요.

사람들은 거대한 거짓말을 '진짜 세상' 혹은 '사회'라고 불렀어요. 그는 거대한 거짓말을 스스로 삼켰어요. 순전히 자신의 잘못이었지요.

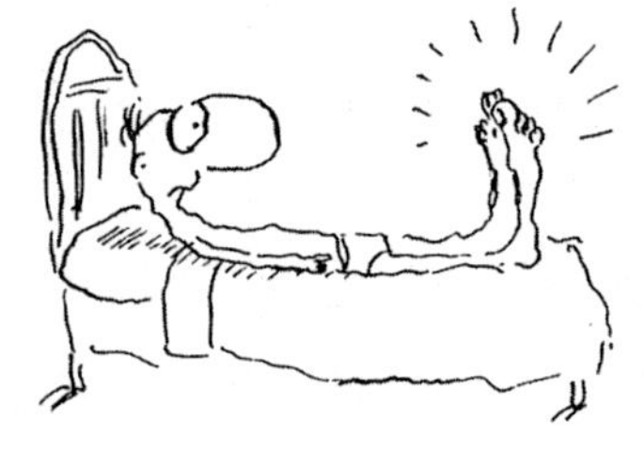

그는 영혼이 묻혀 있는 부어오른 발이 가끔씩 경련을 하는 바람에, 아직 진실함이 남아 있다는 것을 알 수 있었어요.

그는 영혼을 존중하는 생각에서 언제나 맨발로 돌아다니기 시작했어요.

"나의 진짜 모습이야!"라고 그가 말했지만 아무도 그를 이해하지 못했지요.

'대황 바보' 만드는 법: 어둡고, 불안하고, 수치스런 시대를 위한 해독제

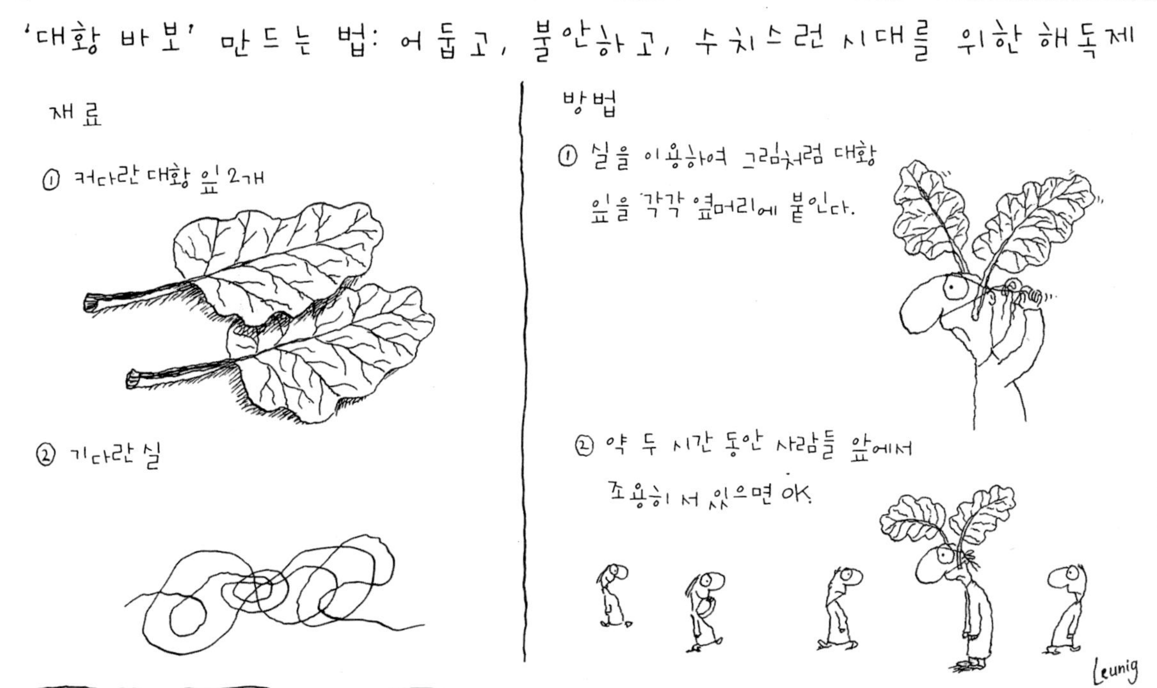

행복한 성생활을 위한 주부 가이드

단단하고, 편안한 신발을 준비한다. 튼튼한 신발끈과 잘 미끄러지지 않는 신발창이 있어야 한다.

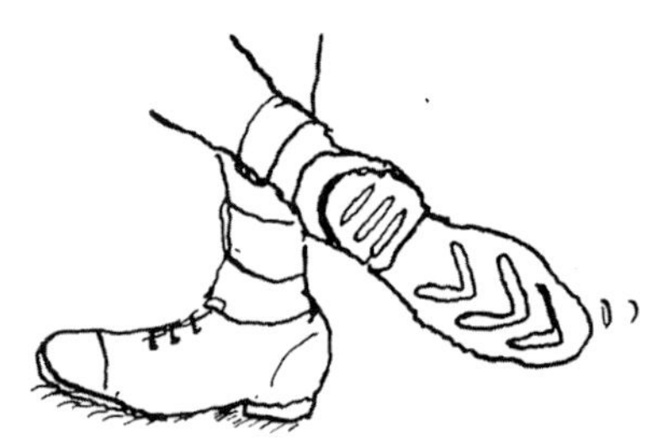

튼튼한 지팡이가 있으면 쓸 모가 있다.

출발하기 전에 어떤 길을 택할 것인지, 도착하는 데 얼마나 걸릴 것인지 미리 알린다.

부담 없는 음식을 준비한다.

예: 빵, 소시지, 치즈, 과일, 음료수.

색이 화려한 두건으로 머리를 감싸면 머리로 열이 빠져나가는 것을 방지할 수 있고, 어려움에 부딪히면 남들이 쉽게 발견할 수 있다. 호루라기와 쌍안경도 있으면 좋다.

목적지를 구불구불 나아가는 것이 직선으로 가는 것보다 훨씬 즐거운 여행 방법이다. 구불구불 가면 정말 대단하고 멋지다. 이런 여행법은 오래된 기술이다. 다음 기회에 이에 대해서 더 설명하기로 한다.

불쌍한 우리 지구는 아주, 아주 슬퍼요.

미친 사람들이 그녀의 마음에 폭탄을 떨어뜨렸거든요.

지구는 그들을 포옹해주고, 그들을 먹여주고,

그들에게 자유를 가르쳐주었어요.

그런데 그들은 그녀의 마음에 폭탄을 떨어뜨리고는

이렇게 속삭였어요. **"사는 게 다 그렇지."**

미소

나는 하늘로 미소를 쏘아 보냈어.

미소는 내가 모르는 곳으로 떨어졌어.

잊혀졌을지도 모르는 장소에 떨어졌을지 몰라.

조용한 장소에 사는

다른 사람의 얼굴에 떨어졌을지도 몰라.

잠자던 아이가

행복한 꿈을 꾸다가 미소를 지었을지도 몰라.

세상을 막 떠나는 늙은 영혼이

미소를 짓고, 작은 한숨을 쉬었을지도 몰라.

노인이 한숨을 쉬면서 간단하게 마지막 기도할 거야.

그 기도는 하늘로 부드럽게 올라가서

세상을 마음대로 돌아다니다가

잠자던 아이를 깨울지도 몰라.

집들이 불타고 있다.

광기가 달리고 있다.

고삐 풀린 거짓말이

땅 위를 달리고 있다.

"알았어, 알았어!"

주저앉으면서 외친다.

"아이들은 데려가, 하지만

텔레비전은 놔둬!"

아이는 끌려가는데

가만히 서 있는 당신.

순수는 땅에 떨어지고,

진실은 박살났다.

무력하게 우두커니 서 있는 우리.

우리 인생은 우리가 알아차리기도 전에

쓸데없는 것들로 가득 찬다.

단란한 가정이 불타버렸다.

단란한 가정의 꿈이 불타버렸다.

마음 한구석에서 양심이 불타는 동안

푸르스름하게 빛나는 텔레비전을

우두커니 바라보는 당신.

하염없이, 멍하니

끝없이 흘러가는 텔레비전을 바라보는 당신.

추악함이 세계를 지배하고

추악함의 공범자들이 작은 깃발을 휘날린다.

그들의 선전. "추악함을 친구로 만들어요."

"추악함을 배우면 더 이상 상처입지 않아요."

하지만 어쩔 수 없이 상처를 입는다.

아무리 몸을 사려도 상처를 입는다.

어느 날밤 갑자기 문이 확 열린다.

지기 싫어서 복도에서 싸우지만

결국 흙바닥에 가슴을 내동댕이친다.

아, 흘러가는 인생이라니!

하느님 우리를 구원하소서.

언젠가는 쏟아질 질문 공세!

"그런일이 일어나는 걸 어떻게

모를 수가 있나요?

왜 싸우지 않았나요?"

"싸우요?" 당신은 반문한다.

"그런생각은 전혀하지 않았어."

말하자마자 쏟아지는 눈물.

그 긴 세월이 다 지나간 다음에서야

저항이 가장 아름답고,

가장 간단하고, 가장 쓸모 있는

생각이라는 것을 깨닫는다.

leunig

서리가 낀 싸늘한 아침에 염소를 보았어요.
염소 뿔에는 달이 앉았어요.
염소 꼬리에는 별이 앉았어요.
염소 등에는 새가 앉았어요.
염소 코에는 꽃이 있어요.
염소 발 아래에는 바위가 있어요.
염소 눈은 땅을 향해 있어요.
염소 털에는 서리가 꼈어요.
세상 만물과 연결된 염소 님, 안녕하세요!

1998년 앨런 페스티벌 하이라이트 장면 10월 20일~11월 3일

앨런이라는 동명의 이름을 가진 사람들을 위한 축제 기간이 왔습니다.

10월 28일

앨런들의 퍼레이드

10월 29일

야외에서 감사의 기도 드리기

대주교님이 직접 앨런들에게 축복 내려주기

10월 30일

집에 앨런 초청하는 날

10월 31일

앨런 인간 사슬 만들기

그 유명한 '앨런 에너지 아우라'를 만들기 위해 앨런들이 손에 손잡고 인간 사슬을 만들고 있어요.

11월1일~3일

3일 간의 신나는 폐막식.

앨런들의 무더기 레이브 파티. 3일 밤낮으로 앨런들의 자유 주제 발표— '이것이 앨런의 정신이다'를 보여주기 위해 앨런들이 광장에서 마음대로 포즈를 취한다.

저 사람들은 누구지?

저 '다른 사람'들은 누구지? 내가 아닌 '다른 사람'들은 누구지?

내가 아닌 '남'들은 누구지? 정말 이상하게 생겼네. 도대체 뭐가 신나서 저러는 거지?

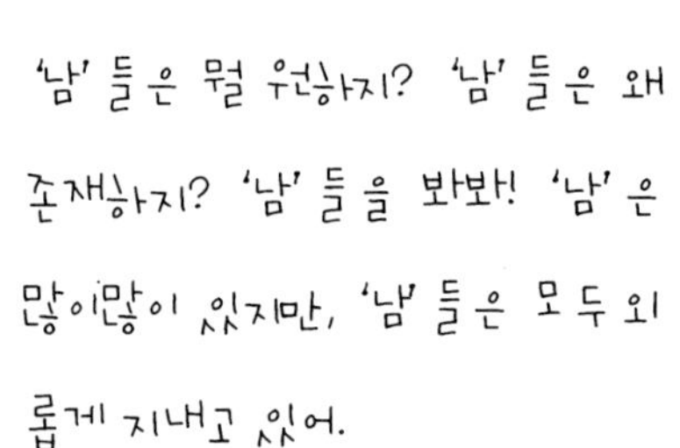

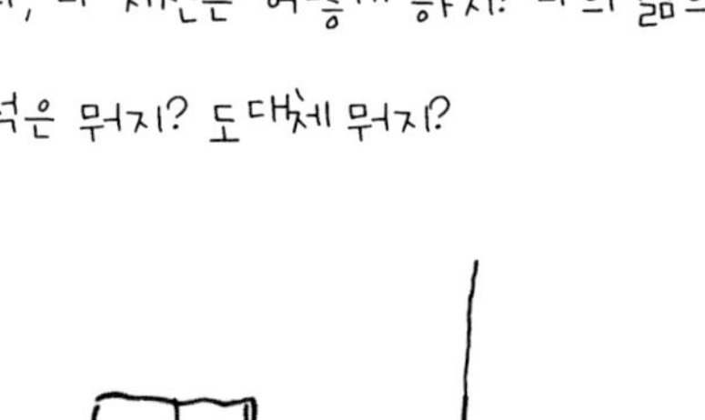

'남'이 되는 것은 어떤 느낌일까? 저걸 봐봐. 어디에나 다 있잖아, '남'들 말이야.

'남'들은 뭘 원하지? '남'들은 왜 존재하지? '남'들을 봐봐! '남'은 많이많이 있지만, '남'들은 모두 외롭게 지내고 있어.

자신이 아닌 '남'과 만나면 무엇을 하지? 아니, 나 자신은 어떻게 하지? 나의 삶의 목적은 뭐지? 도대체 뭐지?

leunig

이 세상에서 가장 중요한 뉴스들보다 훨씬 엄청난
뉴스예요. 원래는 소심하고 심각하기만 한 우리 아
빠가 바닷가에서 수중 물구나무서기를 하고 있어요.

나는 여기에 있다. 나는 이 땅에 있다. 나.

의식.

무의식.

반(半)의식

남들과 인사하기.

남들에게 인사받기.

남들과 친해져도 서로 알지 못하고, 서로
알 수 없고, 영원히 혼자 떠돌아다닐 뿐.

시간이 지나면 나는 여기에서
사라진다.

만세!

……그 코뿔소 코를 수술로 제거하시기 전에 우선 몇 주 동안

허브 차를 마셔보시고, 상태가 어떻게 되는지 살펴봅시다.

Leunig

기분이 엉망일 때는 집에 갑판을 설치해봐요.

요트를 탈 때 신는 신발을 신고 갑판을 누벼봐요.

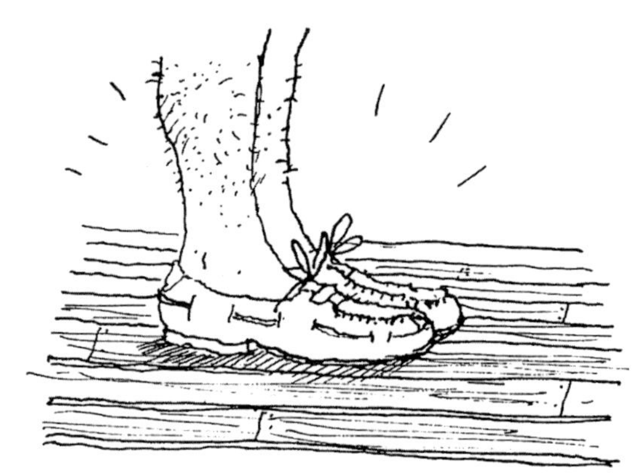

이 배는 이제 항구를 떠나고 있어요. 빨랫줄을 지나가고 있어요.

풀밭을 지나가고 있어요.

작은 갑판 위를 미끄러지듯이 앞으로 가봐요.

기분이 좋아질 거예요.

위험 위험 우행에 상어지느러미가 보이네요!

쓰레기통 옆에 말이에요!

폭풍우가 다가오고 있어요. 고개를 숙이세요!

아니 벌써 좋아하는 텔레비전 방송을 볼 시간이 왔네요!

집에 들어갈 시간이에요.

조용한 체념의 축제

겨울이 다가왔다. 축제의 계절이 거의 끝났다. 그래서 나는 마지막 축제에 가봤다. '조용한 체념의 축제'였다. "나쁠 것 없겠지." 하고 나는 혼자 중얼거렸다.

축제에 도착했다. 찾아온 사람들도 별로 없었지만 조용한 체념의 느낌이 강렬하게 느껴졌다. 땅바닥에 비닐봉지가 굴러다녔지만 아무도 신경 쓰지 않았다.

비가 오기 시작해서 나는 조용하게 체념하며 걷기 시작했다.

이 축제에서 가장 괜찮은 볼거리는 벽에 기대고 있는
거울이었다. 나는 조용하게 체념하며 앞에 서서 거울
을 바라보았다.

바비큐 파티가 있었지만 가스통이 비어 있었다.
바비큐를 굽는 사람이 이렇게 말했다.

"사는 게 다 그렇지, 뭐."

축제를 떠날 참이었는데, 준비위원회의 회원이 망가진
플라스틱 의자에 앉아 있는 것이 보였다. "요즘 같은 세
상에 뭘 더 바라겠어." 그가 혼자 중얼거렸다. '그렇긴
하네.' 그의 말을 듣고 이런 생각이 났다.
······뭘 더 바라겠어!

의사 선생님, 오줌 싸는
남성 때문에 문제가 있어요.

부끄러울 것 없어요!
오줌 누는 게 어렵다는 거죠? 흠?

오줌 누는 게 문제가 아니라,
오줌 피하는 게 문제예요!

요즘은 어딜 가든, 뭘 하든,
사람들이 높은 곳에서 나에게
오줌을 싼단 말예요!

확실히
남성 문제군요.

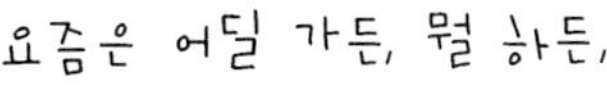

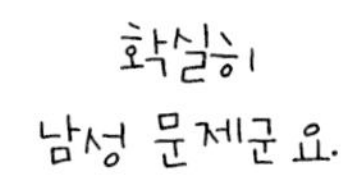

무라고요?

Leunig

인생의 황금실을 찾고 있어요.

녹슨 쇠줄, 엉킨 철사,

두꺼운 로프는 있지만……

그냥 보고 싶어요.

황금실을 보고 있고 싶어요.

황금실을 없네요.

그건 어디에 쓰게요?

인생의 황금실에게 사랑한다고

말하고 싶어요. 그냥 그뿐이에요.

실타래, 포장테이프, 광케이블은 있지만,

황금실은 다 떨어졌어요. 죄송해요.

지관(地官)의 분석 결과

이제 다 보셨으니까, 내 인생에서 기의

흐름이 뭐가 잘못됐는지 가르쳐주세요.

우선 머리카락의 방향이 잘못되었어요.

머리카락을 앞으로 빗으세요.

네, 네. 집은요?

제 집의 기 흐름은 어떤가요?

집, 문, 창문 모두 완벽해요.

집에서는 기의 흐름이

아주 좋아요. 그런데……

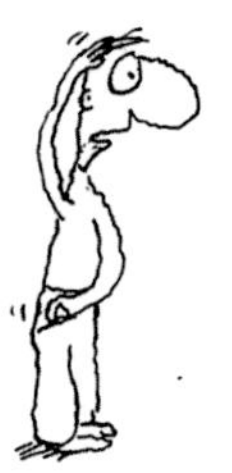

그리고 바지의 기의 흐름도 아주 안 좋아요.

손님 같은 경우에는 자동차 열쇠나 지갑을

절대로 왼쪽 바지 주머니에 넣어서는 안 되요.

네, 네.

……이웃집들이 완전히 엉망이에요.

이웃집들, 도시, 나라, 문화 전체가

완전히 엉망이에요. 큰 불행이 닥치

겠네요! 하지만 집은 아주 좋아요.

아, 지금 자세가 엉망이 됐어요.

머리를 너무 숙였어요. 그러면

기의 흐름이 망가져요.

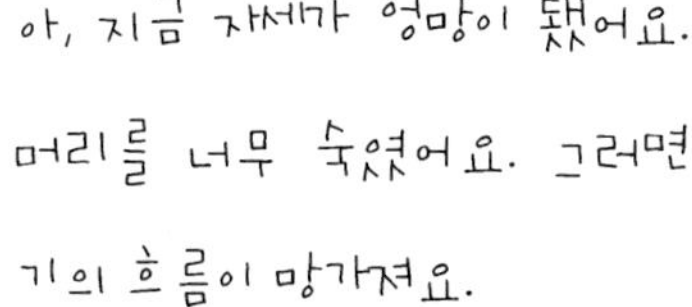

Leunig

시간이 늦은 칠흑 같은 밤에 어떤 바보가 소리지르는 것이 들렸다. 그리고 얼마 후, 소리가 잠잠해질 만하다가 또 다른 바보가 소리쳤다.

기분이 나빠서 갑자기 몸 안의 피가 차가워지고, 피부가 하얘지는 것만 같았다. 선거 날이 며칠 남지 않았다. 그러고 보니 바보들도 투표할 권리가 있다는 사실이 생각났다!

그러더니 소리가 점점 커졌다. 바보들이 점점 많아지는 것 같았다. 그러고 보니 바보들이 커다란 집회를 갖고 있다는 것을 깨달았다.

오스트레일리아에는 끔찍한 것도 많다. 악어, 독을 쏘는 물고기, 뱀, 거미, 악어. 하지만 그 중에서도 최악은 바보들이 외치는 소리이다!

나의 작고, 미약하지만 소중한 투표.
내 오버코트 안에 있구나.
내 품안에 아늑하고, 따뜻하게 들어
있는 투표.
이제 헤어질 시간이구나.
기표소

작은 목검을 들려서 무리 속으로
내보내야 하는구나.
희망찬 행진의 노래를 부르면서
떠나는구나.
나의 작은 투표야, 강하게 살아라.

우리의 꿈이 짓밟히고
네 목검이 꺾이거든
내 품으로 돌아오너라, 소중하고,
사랑스런 투표야.
내 오버코트 안에서
다시 꿈꾸자구나.
Leunig

친구사이

친구사이는 참 이상하다.

부부싸움을 한 다음에

친구가 맥주를 마시러 놀러오면

이 친구는 나보다 마누라와 더 친한 친구가 된다!

그러고 보면 친구 사이는 그저 웃고 떠드는 사이가

아니다.

친구 안에 숨어 있는

작고, 땅딸막한 악마처럼

나를 극성맞게 괴롭히는 놈도 없다.

금빛 수선화

골짜기와 고개의 높이 떠도는 구름처럼 혼자 방 랑하고 있었는데 수선화하곤 전혀 딴판인 사람들을 만났어요. 호수 옆의 나무 아래에 정치인들이 모여 있었어요!

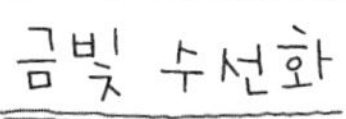

이 사람들은 봄에 활짝 피는 꽃이랑 전혀 달랐어요. 정치인들은 푸르딩딩하고, 칙칙한 회색 옷을 입었거든요. 정말 우울한 광경이었어요. 그래서 나는 금빛 수선화를 찾아 고개너머로 떠나갔지요.

Leunig

크리스마스 이브였는데, 하늘에서 노래를 부르고 있어야 할 천사는 날아다니기가 너무 힘들었어요. 천사는 너무 우울해져서 노래도 부르지 못했어요.

슬픈 천사는 도시의 거리를 방황하기 시작했어요. 그리고 천사는 점점 더 외로워졌지요. 날개는 포장도로에 질질 끌려서 점점 더러워졌고요.

천사는 지나가다가 가게의 거울을 봤는데, 자신의 모습이 너무 비참하고 엉망이라서 놀랐어요. 너무 더럽고 불쌍한 모습이었거든요.

"돈 조금만 있으면 고통을 사라지게 해줄게요." 문가에서 누가 이렇게 말하곤 천사의 날개에 마약 주사를 꽂았어요. 천사는 그만 골목에 누워서 잠들었지요.

자동차들이 지나가는 소리를 들으며 천사는 어린 시절을 꿈꾸었어요. 그리고 더 아득하고, 더 아름답고, 더 신비로운 꿈도 꿨어요.

결국 천사는 곤히 잠든 채 고통스런 도시 위로 날아올랐고, 자신이 진정으로 있어야 할 곳으로 돌아갔어요. 천사는 동물들과 여물통과 친구들이 있는 곳으로 돌아와 세상이 떠나갈 정도로 크게 노래를 불렀어요.

너무 커

아니, 아니, 아니, 아니, 아니......

모양이 틀렸잖아!

너무 작아.

엄마!
아빠가 크리스마스
트리 가져왔어요.

Leunig

미친 래리

전자제품

미친 밥 중고차

미친 브라이언

잔디깎기 및
정원 손질

미친 발레리

웅변술 강사

미친 매비스

피아노 조율사

미친 게일

안경점

미친 조

- 보안
- 감시
- 조사

미친 루

해충 퇴치

미친 왈리

장의사

미친 베티

아동 심리학자

미친 닉

* 가정의
* 산부인과

미친 잭
소나무 가구

미친 테오
생선과 감자칩

미친 데릴
*   회계사
*   세무사

미친 앨버트
정신과 의사
가정 상담의

미친 도로시
개인 간호사

미친 낸시
• 타이피스트
• 속기사

미친 더그
• 설계사
• 도시 계획자
• 도시 건축가

미친 티나
• 요가
• 명상
• 휴식

미친데이브
국회의원

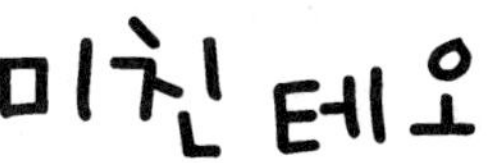

Leunig

사람은 행복을 어떻게 측정할까요?

우선 옷장에서 넥타이를 모두 꺼냅니다.

그 다음에 넥타이 끝이 서로 이어지게 땅에 내려 놓습니다.

그 다음에 이어진 넥타이의

길이를 잽니다.

이렇게 재서 나온 수치가

바로!

......진정한 행복의 길이와

같습니다.

거짓
진실
leunig

예술가여, 예술계를 떠나라!

예술가여, 예술계를 떠나라!

수레에 짐을 싣고

작은 구멍을 찾아서 기어나와라.

예술계를 떠나서 네 영혼을 구원하라!

발자국을 남기지 말고, 뒤돌아 보지도 말아라!

어둡고 더러운 길을 따라서

경계선을 넘어라. 예술계에서 해방된

너의 영혼에 축복이 내리리라!

……환장할 것 같아요. 이 세상이 어떻게 제대로 돌아가고 있나요?

모든 것이 제대로 돌아가는 것이 아녜요. 대강 1/3 정도가 제대로 돌아가는 것뿐이죠.

그런데 왜 망하지 않나요?

딱 망하지 않을 정도로만 작은 부품들이 제대로 돌아가서 그렇죠.

제대로 돌아가게
하는 작은 부품
들이 망가지면
어떻게 되나요?

정말 그럴 때도
있어요.

그럴 때는 옆에서
도와줘야겠죠.

Leunig

멋진 건축가들. 바쁘고 멋진 건축가들이 점심식사를 하면서 공공 건물을 설계하고 있다.

메뉴판을 기우뚱하게 세워보고, 와인 리스트를 뉘어본다.

담배 위에 성냥을 세워본다. 정말 멋지다.

그런데 건축가들이 웨이터에게 호통친다.

"이 코크스크류 좀 치워봐. 너무 꾸불꾸불해서 우리 디자인하고 안 맞잖아!"

뱃사공들의 카페 '시시콜콜' 이야기

뱃사공들

앨버트 공원설계자 다이 퀵이 직장 동료 세릴밴 봉크, 리사 로우-럼블과 저녁식사를 한다.

경위

리사가 망가지고 싶다고 해서 우리는 리사에게 술을 먹이려고 밤거리를 온종일 돌아다녔어. 카페 '시시콜콜'에만 빈자리가 남아 있어서 할 수 없이 그곳에 들어갔어.

대화

나는 지친 데다 두통이 있어서 별로 말을 하지 않았어. 리사는 계속 울어댔고, 세릴은 건방진 웨이터랑 싸웠지.

식사

리사는 오리 네 마리를 먹어 치우더니 화장실에 틀어박혔고, 세릴하고 나는 블랙 포리스트 케익 한 조각을 나눠먹고, 벤슨앤헤지스 담배를 폈지.

<u>음   료</u>   나는 로켓연료 음료 두 잔, 셰릴은 모닝튼 페닌슐라 피노 느와 포도주를 마셨어.

<u>계 산 서</u>   73.50달러 및 화장실문 수리비.

<u>결   론</u>   나와 셰릴은 리사가 망가지는 걸 반대하지 않는다는 거지.

쇼핑 격언

— 쇼핑을 하지 않는 것보다 쇼핑을 하고 물건을 잃어버리는 것이 백 번 낫다. — 가게는 가게다.

— 쇼핑은 최선의 방어 수단이다. — 바보들은 천사들이 쇼핑하기 싫어하는 곳에 우르르 몰려간다.

— 표범은 단골 가게를 바꾸지 않는다. — 고양이가 없을 때 쥐가 쇼핑을 한다. — 쇼핑은 고통을 한 없이 참을 수 있는 능력이다. — 폭풍우가 몰아칠 때는 아무 가게나 들어가라. — 가게에는 언제나 공간이 있다. — 쇼핑하는 남자는 말이 없다. — 쇼핑은 소설보다 이상하다. — 여인의 쇼핑은 지옥보다 끔찍하고 사납다. — 남편은 언제나 마지막에 쇼핑한다. — 쇼핑은 인간적인 일이다. — 내가 쇼핑을 할 때는 세상이 함께 쇼핑하고, 내가 울 때는 혼자 울 뿐이다. — 손님은 언제나 쇼핑한다. — 신은 벌을 내릴 사람에게 우선 쇼핑을 시킨다. — 상황이 어려워지면 쇼핑을 하라. — 머뭇거리는 자는 쇼핑을 한다. — 쇼핑을 하고 쇼핑을 당하라. — 작은 가게는 언제나 위험하다. — 쇼핑을 하면 구하리라. — 빈 가게가 가장 큰 소리를 낸다. — 토끼와 사냥개는 같이 쇼핑할 수 없다.

Leunig

음 식 방 향 계

저녁에 뭐 먹지?
음식 방향계를 살펴 볼게.
와인 트라이플
국수
소시지
계란
또 먹기 싫어!
이건 말도 안 돼
어제하고 같네.
와인 트라이플 먹어.
Leunig

다시 한 번 확인하겠습니다. 그러니까 우체국 직원이 25분 동안

무시했습니다. 그 다음에 위압적이고, 거만한 태도로 협박하고,

서비스는 건성으로 했다는 말이죠?

이 해수욕장은
나르시스트들이
순찰합니다.

안락의자에 놓인 책
「휴식을 취하는 법」

침대 곁에 있는 책
「잠을 자는 법」

남자 옆에 있는 책
「남자가 되는 법」

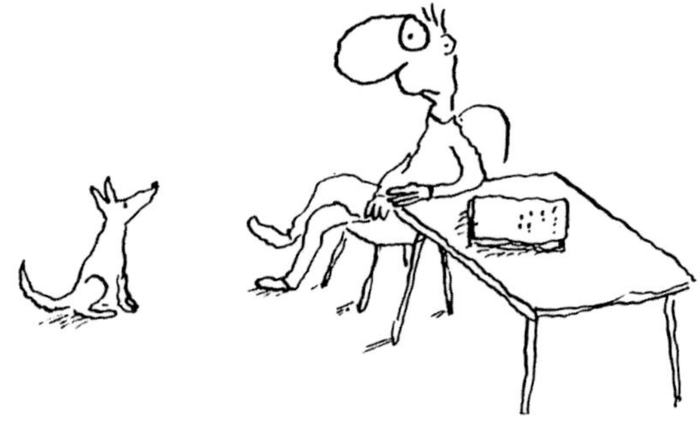

창문 옆에 놓인 책
「앞에 있는 것을 보는 법」

책상 위에 있는 책
「인생에서 성공하는 법」

지옥에 있는 책
「당신은 어떻게 지옥까지 오게 되었나?」

양구비 꼬투리가 까져서 액이 흘러나옵니다.

작은아이가 상처를 입고 웁니다.

아이는 계속 상처를 입고, 또 입어서 정말

특별한 아픔을 느낍니다.

너무 아파서 눈물이 나오지 않습니다.

아이는 잠들려고 몸을 뒤척입니다.

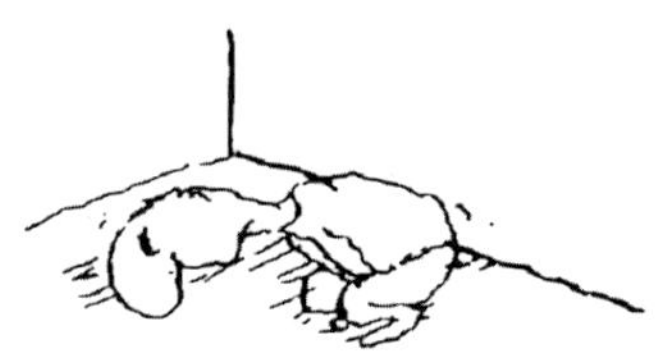

양구비에서 나온 액은

고급 아편으로 만들어집니다.

그리고 아이는 아편 주사를 몸에 꽂습니다.

양구비와 아이는 서로를 잡아먹습니다.

양구비와 아이는 황무지에서 함께 잠듭니다.

양구비와 작은 아이.

그는 새로 생긴 유료 도로를 타고 집에 와서
시간이 남았어요.

그는 남은 시간에 아름다운 퀼트를
만들려고 해요.

그런데 난데없이……

……그가 미쳐서 발광하네요.

Leunig

사람들을 보면 욕이 나온다.

사람들의 욕망

사람들이 하는 짓……

도대체가 방법이 없을까?

……불쾌하게 느끼지 않고

그냥 지나칠 수 있는 방법이 없을까?

난 정말 모르겠다.

바보는 못 가르친다고 한다!

머리가 멍하다. 몸이 아프다.

낙원의 벼랑 끝에 서서 아래의 세상을 바라보는 것 같다.

얼마나 떨어져야 밑에 도착할 수 있을지 궁금해하며 바라본다.

사람들이 도대체 무엇때문에 아둥바둥거리는지 바라본다.

그렇다. 나는 바보다. 나도 안다.

사람들을 그저 바라보는 것만으로도

사람들의 미궁 같은 마음속을 들여다보는 것만으로도

현기증이 일어난다. 나는 바보다.

사람들이 토끼처럼 아이를 낳는 것이 보인다.

사람들의 라이프 스타일, 사람들의 전쟁

사람들의 열정, 사람들의 끔찍한 버릇들을

바라본다.

그래, 나는 바보다.

나는 적응에 실패했다.

나는 머저리 같은 염세주의자다.

사실은 내가 문제가 보다.

나는 세상을 있는 그대로 받아들여야 한다.

하지만……

다시 한 번 짧고, 간단하게 말하겠다.

사람들을 보면 욕지기가 난다.

Leunig

그렇게 될까요?

모든 것이 제대로 될까요?

그런 느낌이 들어요.

모든 것이 제 자리를 잡을 것같아요.

수탉이 소리지르는

햇빛 쨍쨍한 아침에 일어났어요.

시간이 어느 정도 지나야

모든 것이 제대로 된다는 것을 아직 몰랐었어요.

오래 전에 잃어버렸던 동전이

내 손에 뚝 떨어졌어요.

그리고 내안에 꽉 막혀 있던

평온함이 흘러나오기 시작했어요.

그런데 갑자기 한줄기 빛이

내 마음속으로 들어왔어요.

평생 걱정하며 살았던 이 삶

이 끔찍한 세상 이 고통스런 난장판

이것이 사실은 꿈이었는데요!

부드러운 소리가 들리고

황금빛과 은빛이

다시 쏟아지기 시작했어요.

햇빛에 비친 요정과 먼지 입자들이

내 방으로 들어왔어요.

꽉 막혔던 인생을 다시 시작했어요.

내 인생을 다시 돌려받았어요.

내 강아지, 내 아름다운 인생.

내 뒷마당, 내 작은 목장 모든 것을 영원히 간직해요.

즐거운 세상이 나를 둘러싸요.

나를 위한 자리가 생겼어요.

너무 기뻐서 제자리에서 뛰어올랐어요.

Leunig

고리타분한 책들 속에서도 설명하지 않은

것들이 인생에 남아 있을까?

말로 표현하지 않은

작은 새가 가슴 안에 있을까?

저승사자의 기록에 오르지 않은

작은 숨결이 영혼 안에 숨어 있을까?

바보 같은 작가들이 설명하지 않은

사랑스럽고, 여린 그 무엇이 존재할까?

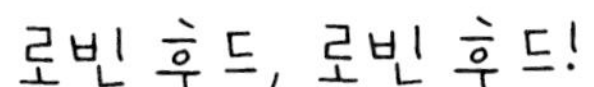

로빈 후드, 로빈 후드!

얘기하기는 미안하지만

당신이 오늘날 살아 있다면……

항상 머리 위를 조심해야 할 거야.

인생이란 무엇일까?

인생은 지구에서 보내는 휴가

휴가지에 도착하면 가이드가 커다란 웃음을 띠고 마중 나온다.

안녕, 내가 네 엄마란다.

여기를 소개하고, 저기를 보여줄게.

우유 먹고 싶니?

지도를 살펴보고, 주변을 둘러본다. 휴가지가 어떤지 대강 알아차

리다. 휴가를 즐기는 사람들이 많다. 그리고 나도 그들처럼 휴가

지에서 사랑을 꽃피운다. 안 될 것도 없지!

숙소는 좀 이상하긴 하지만, 깨끗하고 편하다. 이것은 내 몸이다.

몸은 내가 지구에서 존재할 수 있는 튼튼한 기반이 된다.

인생이라는 휴가지는 한 번 와봐도 괜찮은 곳이다. 꽤 즐거운 장소이다. 여기서 우리는 썩 나쁘지 않은 경험을 할 수 있다. 하지만 여기에 너무 오랫동안 머무를 수는 없다. 언제나 조금은 이방인처럼 느껴질 테니까.

지구에서 보내는 휴가는 훌륭할 수도 있고, 끔찍할 수도 있다. 어쨌든 휴가가 끝날 때가 되면 조금 슬프다. 그리고 되돌아갈 집이 있으니까 한편으로는 기분이 좋다. 상쾌한 휴가를 보내고 휴가철의 추억을 안고 집으로 돌아간다.

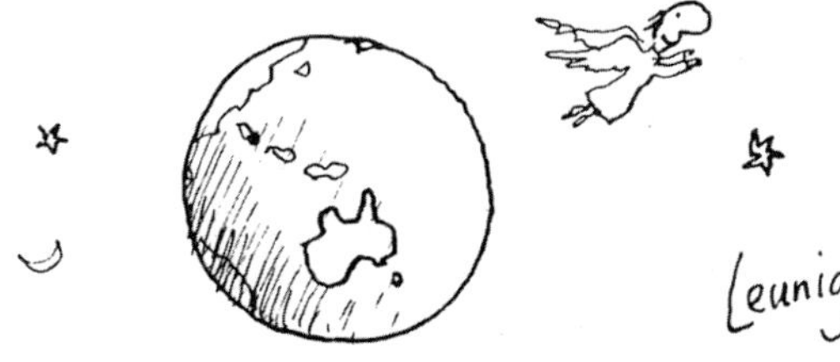

버섯

버섯들은 신기한 사람들.

버섯들이 세상 밖으로 고개를 내미는구나.

깨끗하고, 부드럽고, 대담하고, 활기찬 버섯들아.

가을의 땅 속에서 마법처럼 피어나는구나.

버섯들아, 나도 너희들을 느낄 수 있단다.

땅 위로 나오기 위한 너희들의 노력.

무거운 흙을 헤치고 나오는 너희들의 수고.

깨끗하고, 부드럽고, 대담하고, 활기찬 버섯들아.

Leunig

그물에 걸친 사랑아

그물을 만드는 두 사람이 매듭을 지어요.

작은 가재 둘이 항아리에서 빠져나와요.

실로 이어진 두 사람의 마음.

그물에 걸친 아름다운 사랑아.

Leunig

이 가족은 믿을 만합니다. 이 가족은 100% 제정신입니다.　여자는 40% 제정신입니다.　남자는 30% 제정신입니다.

다함께 있으면 정확하게 100% 제정신입니다.

개는 30% 제정신입니다.

가족 한 명이 '문제가 생겨서 제정신 10%가 사라지면, 나머지 둘이서 빈 공간을 채워야 합니다.

엄청난 의지와 집중력을 동원해서 나머지 둘은 5% 씩의 제 정신을 겨우 만들어냅니다. 문제는 이 노력때문에 눈알이 튀어나올 정도로 힘을 주게된다는 겁니다. 그래서 결국 셋 다 완전히 미친것처럼 보이고 맙니다.

Leunig

바닥에 내팽개친 양말을 봐봐!

국제적인 망신이야!

그래? 네 헤어스타일 봐봐. 그건 국제적인 모욕이야.

우리가 해외로 나가면 어떻게 보이겠어?

그래, 그럼 당신이 벽난로 장식으로 산 도자기 고양이를

보면 미술평론가들이 뭐라고 하겠어? 정말 못말려!

바보같이 늘어진 당신 내의는 어떻고? 페미니스트들이

보면 뭐라고 하겠어? 배꼽이 빠지도록 비웃을걸!

바보 같은 당신 목공실에서 만든 땅콩 사발은 어떻고?

그걸 보고 사람들이 뭐라 그러겠어?

내가 당신을 섹시하고,

멋진 여자라 그러면

뭐라 그러겠어?

그럼 당신을 열정의

야생마라고 불러주지!

leunig

집을 떠나지 않는 아이들

집을 떠나지 않은 아이들이 요즘 커다란 문제로 떠오르고 있습니다!

어떤 경우엔 아이들이 천장으로 들어가서 둥지를 만들고, 절대로 나오지 않는다고 합니다.

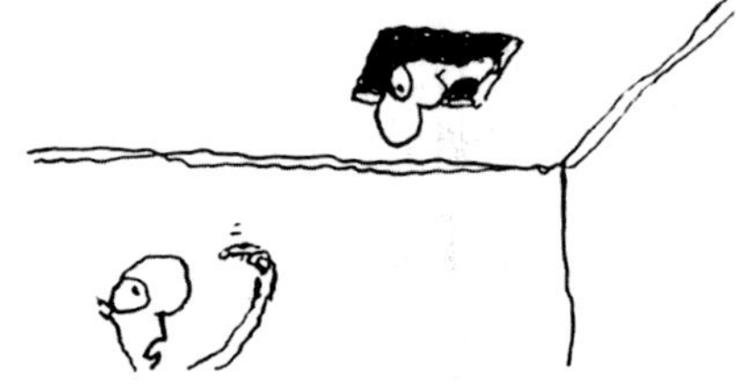

밤이 되면 아이들은 전선을 타고, 지붕에 둥지를
만든 이웃집 아이들을 찾아다닌다고 합니다.

아이들은 지붕에 모여서 놀고, 싸우고, 시끄럽게 떠든다고
합니다. 손자, 손녀들이 지붕에서 날뛰면 정말 끔찍하다고
합니다. 그리고 심각한 두통도 동반한다고 합니다.

기괴한 비밀 종교 집단

우리는 결혼했습니다. 사람들이 우리를 '남편'과 '부인'이라고 합니다. 우리는 서로를 '내 파트너'라고 부르지 않습니다.

우리는 '총각', '처녀'가 아닙니다. 우리는 "총각", "처녀"라고 불러도 돌아보지 않습니다. 어쩔 때는 "아저씨", "아줌마"라는 말에 응답합니다.

우리는 일찍 잠듭니다. 어쩔 때는 과일 한 조각을 먹고 잠듭니다. 숙면은 우리가 누리는 커다란 즐거움입니다.

우리는 가끔씩 토요일 아침에 토스트와 정어리에
식초, 소금, 후추를 조금 뿌려먹습니다. 이런 것이
작지만 소중한 세부 사항입니다.

우리는 컴퓨터에 대고 말하지 않습니다. 컴퓨터에 대고 말할
수는 없습니다. 우리는 개와 고양이에게 말을 겁니다. 정말로
그렇습니다! 사실은 말이 좀 많은 편입니다. 우리는 '심슨 가족'
만화가 무엇인지 전혀 모릅니다. 그래서 우리는 희구하지만
참 행복한 느낌을 간직할 수 있습니다.

우리는 소시지 구이, 벼룩시장, 헬스장의 텔레비전, 극장을
피해 다닙니다. 네, 이제 모두 밝혔습니다. 이것이 우리만의
기괴한 비밀 종교 집단입니다.

기쁨청 장관님

기쁨청 장관님이

취임연설을 하려고 일어섰어요.

비싼 양복에 수프 얼룩을 묻히고

물이 많은 복숭아를 씹고 있어요.

목에는 립스틱 자국을 남기고

조끼에는 노란장미를 꽂았어요.

장관님이 웃으면서 말했어요. "뭐 어쩌겠어!"

공직 생활을 무사히 하시기를 바라요.

Leunig

작 은 덩 굴 손

마음에서 나온 작은 덩굴손이
구부러지고 더듬거려요.
어디에라도 매달리려고
희망을 가지고 굽이쳐요.

영혼에서 나온 작은 덩굴손이
섬세하고 활기차게
작은 표면을 찾고 있어요.
특이하고 이상해요.

작은 덩굴손, 작은 덩굴손
순수하고 용기 있는 덩굴손
덩굴손이 안전하길 바라요.
덩굴손에게 행운을 빌어요.

인생을 가치 있게 보내는 방법은 바보처럼 보내는 거예요.

그런데 어떻게 하냐고요?

바보 네트워크도 없어요! 바보 클럽도 없어요!

바보에 대한 잡지도 없어요!

바보 전공도 없어요! 바보 학위도 없어요!

그래서 바보는 스스로 인생을 헤쳐나갈 수 있어요!

인생은 양동이에 다이빙하는 거예요.

맛있는 소시지를 잡고 빨아먹어요.

원수들 보면 '저리 가버려!'라고 말해요.

인생으로 뛰어들어서 사랑을 해봐요.

Leunig